AF355725

VENTE

du Lundi 13 Février 1905

HOTEL DROUOT — SALLE N° 11

A 2 HEURES 1/4

EXPOSITION PUBLIQUE

le Dimanche 12 Février 1905

DE 2 H. A 5 H. 1/2

60 Tableaux

d'Henri VIGNET

Tableaux, Dessins

AQUARELLES — MINIATURES — GRAVURES

TAPIS D'ORIENT

Bronzes, Meubles, Objets d'art

Mᵉ E. BRAOUÉZEC

COMMISSAIRE-PRISEUR

41, *Rue de la Victoire*, 41. *Paris*

M. G. DE GRAET-DELALAIN

EXPERT

79, *Rue de Seine*, 79. *Paris*

———

C. CHAUFOUR

8-10, RUE MILTON, 8-10

PARIS

———

CONDITIONS DE LA VENTE

La vente sera faite expressément au comptant.

Les acquéreurs paieront *dix pour cent* en sus du prix d'adjudication.

L'exposition mettant le public à même de se rendre compte de la nature et de l'état des objets, aucune réclamation ne sera admise une fois l'adjudication prononcée.

L'ordre du catalogue ne sera pas observé.

Courte Préface

Nous considérons comme un devoir — agréable — de dire quelques mots du peintre HENRI VIGNET, dont un certain nombre d'œuvres vont affronter le feu des enchères, non pour leur faire une réclame banale, mais parce que nous avons la certitude que les amateurs d'art sincère nous sauront gré de les leur avoir signalées.

Comme nous, ils seront séduits par la diversité de ce tempérament si vivement — non point impressionniste — mais plutôt impressionné par la nature.

Aspects curieux du vieux Montmartre où il habita ; de Dieppe ; de Rouen, sa ville natale ; vues du Jura pleines de fraîcheur et de lumière ; notations des bords de la Seine, à Paris, aux heures fugitives du crépuscule — qu'il semble affectionner — nous révèlent un artiste dont le métier adroit et probe est mis au service d'une saine vision et d'un sens aigu du pittoresque.

Très apprécié des amateurs rouennais, il ne l'est pas moins à Paris où il compte déjà un certain nombre d'admirateurs et d'acquéreurs parmi les plus difficiles.

Ses premiers envois au Salon de 1902 furent très remarqués par leur originalité, et les critiques de nos grands quotidiens leur consacrèrent quelques lignes élogieuses ; son envoi de 1904 fait aujourd'hui partie d'une des meilleures galeries.

Ajoutons pour terminer qu'il a obtenu aux différentes expositions (Limoges, Rouen, etc.) plusieurs médailles, et que nombre de ses œuvres furent acquises par les Sociétés des *Amis des Arts*.

Et maintenant, cédons la parole au marteau du commissaire-priseur !

GEORGES DE GRAET-DELALAIN.

DÉSIGNATION

ŒUVRES D'HENRI VIGNET

BARENTIN (Seine-Inférieure)

1 — Les Hêtres.

A l'automne.

2 — Sous bois.

Automne.

3 — Dans un parc.

Printemps.

DIEPPE

4 — Vieille place.

Clair de lune.

5 — Vieille place.

Soleil couchant.

6 — Bassin Henri IV.

Crépuscule.

7 — Barques dans l'avant port.

8 — Les Toits de Dieppe.

Après-midi.

9 — Les Toits de Dieppe.

Soleil couchant.

ROUEN

10 — Trois aquatintes.

Coins de Rouen.

11 — Sur les quais.

Ciel orageux.

12 — Les Tramways.

Soir.

13 — Place Haute-Vieille-Tour.

14 — Rue de l'Epée.

Neige.

JURA

15 — Effet de neige.

16 — Cascade de Tréans.

17 — Pont Saint-Just.

18 — Entrée de village.

19 — Les Osiers du Clos-Bouveret.

20 — Coin de Rivière, Arbois.

PARIS

21 — Dix vues de l'île Saint-Louis.
Aquatintes.

22 — Pointe de l'Ile Saint-Louis.
Le soir.

23 — Hôtel Lambert.

24 — Vue prise du Pont-Sully.

25 — Quai d'Anjou.
Matinée de printemps.

36 — Pylones du Pont Alexandre.

37 — Autour du Square Barye.
Journée d'été.

38 — Quai de la Tournelle.
Matin d'été.

39 — Quai d'Anjou.
Fin du jour.

40 — Fruiterie rue Galande.
Quartier St-Séverin.

41 — Rue Saint Séverin.

MONTMARTRE

42 — Dans un jardin à Montmartre.
Gelée blanche.

43 — Cour, rue Cortot.
Neige et soleil.

44 — Sacré-Cœur.
Coucher de soleil après l'orage.

45 — Le Nuage.
Salon de 1903.

46 — Rue du Mont-Cenis.

Soleil de Printemps.

47 — Le Vieux Montmartre.

Tombée de neige, salon de 1903.

48 — Le Vieux Montmartre.

Soleil d'hiver.

49 — Le Sacré-Cœur.

Tombée de neige.

50 — Le Sacré-Cœur.

Matinée de brouillard.

51 — Un jardin à Montmartre.

(Fusain rehaussé).

52 — La Rue Saint-Vincent.

Lever de lune. (Fusain rehaussé).

DIVERS

53 — Lever de Soleil à Caudebec.

54 — L'Eglise de Bois-le-Roi.

55 — Les anémones, forme éventail.

56 — Vue prise du Pont-Sully, forme éventail.

57 — Nature morte, verres irisés et fleurs.

OEUVRES DE DIVERS

MADAME VIGNET-BOISSY

58 — Vision du soir.

59 — Les Baigneuses.

60 — Femmes aux Colombes.

ECOLE FRANÇAISE (1860)

61 — Joueur de mandoline.

BONVIN (Emile)

62 — En Tunisie.

HAM

62 *bis* — Deux dessins en couleurs.

PICOT

63 — Tête d'homme (1830).

64 — Tête de femme (1830).

PASTELS

SIDOLI

65 — Tête d'homme (Louis XIII).

65 — Tête de femme (Louis XIII).

PASQUIER (H.).

66 — La Marchande de pâte à rasoirs.

67 — La Marchande de fleurs.

68 — La Fileuse.

69 — Femmes lisant.

70 — La partie de piquet.

71 — Tête de jeune femme.

72 — L'Album amusant.

73 — La préparation du voile.

74 — Liseuse.

75 — Mère en deuil.

AQUARELLES

POITE

76 — Le Domino rose.

GIDE (H.).

77 — Chiens courants.

MEZZARA (F.).

78 — Tête de Biche.

GRAVURES

GREUZE (D'après.)

79 — L'Accordée de village.

TENIERS (D'après.)

80 — Fêtes flamandes, très belles épreuves en couleurs d'après les tableaux originaux du cabinet de M. R. Voyer d'Argemon.

VUILLEFROY (Félix) (D'après.)

81 — Retour du bétail avant l'orage eau-forte avant lettre (belle épreuve d'artiste).

FOTTALS (D'après.)

82 — Grande dame, gravé à l'eau forte avant lettre (belle épreuve d'artiste).

83 — Ah ! si je te tenais ! Je t'en ratisse ! Gravures anciennes.

84 — Deux peintures anciennes : Femme au manchon, femme aux roses.

85 — Deux pastels Louis XIV.

86 — Peinture sur cuivre : Bonaparte.

87 — Un panneau : Tête de femme.

88 — Un dessin ancien signé : Hercule.

MINIATURES

89 — Deux miniatures du xviiie siècle. (Têtes de femmes).

LIVRES

90 — Bible illustrée de Firmin Didot, reliée.

91 — **Saint François d'Assise.** — *Vie de Saint François.* — II. *Saint François après sa mort.* (*Epuisé broché*). Rel. d'amateur, doré en tête. PLON ET NOURRIT.

92 — **Ordre de Chevalerie et marques d'honneur.** Publ. par AUG. WAHLER. Brux. 1844 gr. in-8º dem-rel. pl. toile ill. de 88 pl. coloriées avec un suppl. (1855).

93 — **Lacroix** (P.) (bibliophile Jacob). **Les Arts au moyen âge et à l'époque de la Renaissance.** (*Epuisé*). — **Mœurs, usages et costumes au moyen âge et à l'époque de la Renaissance.** — **Vie militaire et religieuse au moyen âge et à l'époque de la Renaissance**, s. bois. Ce volume ne se vend qu'en collection. — **Sciences et Lettres au moyen âge et à l'époque de la Renaissance.** Avec nombr. chrom. gr. s. b. — **Dix-septième siècle, Institutions, usages et costumes, France 1590-1700.** — **Dix-septième siècle, Lettres, sciences et arts en France 1590-1700.** — **Dix-huitième siècle, Institutions, usages et costumes.** — **Dix-huitième siècle, Lettres, sciences et arts en France.**

94 — Charles Henry : Notice sur les applications du rapporteur esthétique servant à l'étude et à la rectification esthétique de toutes formes. (Ouvrage accompagné du « rapporteur » dans une pochette).

MEUBLES ET OBJETS DIVERS

95 — Meuble à deux corps en chêne sculpté à quatre portes orné de colonnettes à torsades, forme bahut Renaissance.

96 — Bahut en chêne sculpté à fleurs de lys et ornements. Epoque Louis XIII.

97 — Coffre banquette en chêne sculpté.

98 — Table-bureau de style **Louis XV en acajou** orné de bronze.

99 — Bureau à abattant en noyer sculpté orné d'entrées de serrures et poignées en bronze. Epoque Louis XV.

100 — Commode en acajou à trois tiroirs ornée de bronze dorés. Epoque Louis XVI.

101 — Table à jeu en marqueterie de bois. Epoque Louis XVI.

102 — Chaise longue en moquette.

103 — Venus de Médicis en marbre.

104 — Deux gaînes en marbre blanc.

105 — Bronze. Rébecca, par THILMANY.

106 — Bronze. La Poésie des mers, par DUBUT.

107 — Deux panneaux japonais avec incrustation d'ivoire.

108 — Pot à bière en porcelaine de Sèvres blanche à filets or.

109 — Verre d'eau en cristal taillé sur plateau à fond de glace bordure en bronze.

110 — Cuirasse et casque damasquinés. Epoque Louis XIII.

111 — Un cachet en bronze ciselé et doré. Epoque Ier Empire.

112 — Lampe juive à quatre lumières en cuivre poli soutenu par une potence.

113 — Théière et son réchaud en cuivre poli.

114 — Chevalet.

115 — Escalier de peintre.

116 — La soubrette de VIBERT. Statuette en bronze.

117 — Coupe en bronze ajourée.

118 — Deux flambeaux en bronze.

119 à 121 — Trois tapis d'Orient.

122 — Portière en Karamanie.

123 — Voiture automobile marque CLÉMENT-PANHARD, 5 chevaux.

124 — Objets omis.